D1928329

DAS
BESONDERE
KINDER-
BUCH

Der Aegyptische Struwwelpeter

WILHELM
HEYNE VERLAG
MÜNCHEN

Umschlaggestaltung und Innenausstattung:
Christian Diener, München

Printed in Germany 1979
Druck: Aldus Druck, München
Bindung: Grimm + Bleicher, München

Der Aegyptische

Struwwelpeter.

Wenn die Kinder artig sind,
Gern gehorchen und geschwind,
Wenn sie Rah und Ptah verehren,
Auf Osiris' Worte hören,
Nicht die heil'gen Katzen necken
Und den Apis nicht erschrecken,
Wenn sie fromm und sittsam auch
Thun, was sonst Aegyptens Brauch,
Dann bringt Isis Gut's genug
Und ein schönes Bilderbuch.

Seht einmal, da steht er,
Thot, der Struwwelpeter!
Schmutz und Tintenflecken
Leib und Kleid bedecken;
Haare kämmen? – Gott behüt'!
Wenn er nur das Wasser sieht,
Schreit er Mord und Zeter.
Pfui, du Struwwelpeter!

Tinte

Die Geschichte vom bösen Psammetich.

Der Psammetich, der Psammetich,
Das war ein arger Wütherich:
Er fing die Ibisse im Haus
Und riss ihnen die Federn aus,
Er trat die Scarabäen todt,
Bracht Katz und Hund in grosse Noth;
Und denkt Euch nur wie bös er war,
Er ärgerte den Apis gar!

Im Schlamme lag ein Krokodil,
Trank Wasser aus dem heil'gen Nil;
Da mit der Zange zu ihm schlich
Der bitterböse Psammetich.
Er kneipt das Thier, das heulte sehr,
Er kneipt und zwickt es immer mehr.
Doch weh! Der Isispriester kam,
Den Knaben gleich beim Ohre nahm,
Und ach, zur Strafe wird er jetzt
In eine Pyramid' gesetzt.
Die Zange nahm das Krokodil
Mit sich hinab tief in den Nil.

Bei Brot und Wasser muss er nun
Für seine Sünde Busse thun,
Und sein Präceptor steht dabei
Und gibt ihm bittere Arzenei.
Das Krokodil, das freut sich sehr,
Ruft Freunde und Verwandte her
Und spricht:
„O schönes Land am Nil,
Wo heilig selbst das Krokodil,
Wo jede Bosheit rächet sich,
Wo man selbst straft den Psammetich!«

Strafarbeit.
Das Krokodil ist heilig
Das Krokodil ist heilig
Das Krokodil ist heilig
Das Krokodil ist heilig
Das Krokodil ist heilig
Das Krokodil ist heilig
Das Krokodil ist heilig
verte!
Aqua Nili destill.
Das ist der Verfasser

Die gar traurige Geschichte von dem Rauchtabak.

Der Cheops war allein zu Haus,
Der Vater war beim Opferschmaus,
Als er nun sein Latein studiert,
Im Zimmer auf und ab spaziert,
Da sieht er plötzlich vor sich steh'n
Des Vaters Pfeife, o wie schön!
»Ei« spricht er, »ei wie nett und fein,
Das muss ein herrlich Rauchen sein.
Gleich zünd' ich mir ein Pfeifchen an,
Wie's oft der Vater hat gethan.«

Jedoch die heil'gen Katzen
Erheben ihre Tatzen,
Sie drohen mit den Krallen:
»Lass schnell das Zündholz fallen,
Miau Mio, Miau Mio,
Verboten hat's der Pharao!«

Der Cheops aber hörte nicht,
Schon brennt ein Hölzchen hell und licht;
In Flammen auch die Pfeife steht.
Wie auf dem Bilde ihr es seht.
Der Cheops aber freut sich sehr,
Und geht im Zimmer stolz umher.

Jedoch die heil'gen Katzen
Erheben ihre Tatzen,
Sie drohen mit den Pfoten:
»Der Vater hat's verboten,
Miau Mio, Mio Miau,
Lass steh'n, rauch nicht, sonst wird dir flau.«

Jedoch vergebens ist ihr Fleh'n,
Des Vaters Pfeife brennt zu schön,
Fünf Züge hat er schon gethan
Doch jetzt fühlt er das Unheil nah'n.

Die heil'gen Katzen schreien
Gar jämmerlich zu zweien:
»Miau, die Pfeife aus dem Mund!
Der Tabaksrauch ist ungesund
Miau Mio, Miau Mio,
O wehe, armer Studio!«

Dem Rufen folgt er, doch zu spät.
Das Zimmer sich im Kreise dreht,
Die Pfeife fällt ihm aus der Hand,
Matt lehnt er sich an eine Wand.

Die heil'gen Katzen sitzen
Verlegen da und schwitzen,
Sie kratzen ängstlich sich am Ohr:
»Schon kommt der Vater mit dem Rohr!«
Wie's weiter dann gegangen is,
Das deckt ägyptische Finsterniss.

Die Geschichte von den rothen Buben.

Es ging spazieren durch die Wüste
Ein Priester an des Meeres Küste.
Wie steht dem Manne doch so gut
Der Priestermantel, roth wie Blut!
Da kam der Necho angerannt
Mit seinem Nilpferd an der Hand,
Der Sethos kam mit schnellem Fuss
Und brachte seinen Papyrus,
Und Rampsinit war auch nicht dumm
Und brachte seine Lotosblum'
Und lachend standen alle Drei
Als dort der Priester ging vorbei,
Dass gar so roth sein Mantel sei.

Da kam Osiris her und sah,
Was seinem Priester hier geschah,
Und sprach: »Ihr Buben, hört mir zu,
Lasst meinen Priester hübsch in Ruh!
Was kann denn dieser Mann dafür,
Dass er gescheiter ist als ihr?«
Die Buben aber hörten nicht,
Was zürnend der Osiris spricht,
Und lachten sich fast halb zu todt,
Weil jener Mantel gar so roth.

Zum rothen Meer 10 Minuten

Da ward Osiris bös und wild,
Ihr seht es hier in diesem Bild:
Er packt sie gleich bei Arm und Fuss,
Sammt Nilpferd, Lotus, Papyrus.
Den Necho und den Rampsinit
Und auch der Sethos musste mit,
Taucht tief in's rothe Meer sie ein,
Ob sie auch laut um Hilfe schrei'n.
Bis über'n Kopf in's rothe Meer
Taucht sie Osiris zornig sehr.

Hier
ruhet
Mordo
Aegyptens
König
gest. im
Jahre 1774
vor Ch[…]tus
im rothen
Meer
Friede seiner
Mumie u.
seiner wandern
den Seele
Ruhe sanft!
Das Leben ist ein Hochgenuss
Das Sterben aber macht Verdruss
Hofdichter Manetho.

Dies schöne Bild hier
zeigt nicht schlecht,
Wie roth sie sind; die Farb' ist echt.
Der Priester ist befriedigt sehr,
Die Buben folgen hinterher,

Und hätten sie ihn lassen geh'n,
Wär' dieses ihnen nicht gescheh'n.

Die Geschichte vom Walzer-Ramses.

Der Ramses, der war kerngesund,
Ein Schnurrbart zierte seinen Mund,
Er hatte Backen frisch und roth,
Trug Kleider nach der neu'sten Mod'.
Jedoch trotz seiner Eleganz
Sprach stets er: »Ich geh' nicht zum Tanz,
Ich tanze einen Walzer nicht,
Nein, einen Walzer tanz ich nicht!«

Am zweiten Tag, da seht nur her,
Da lachten schon die Mädchen sehr.
Doch als zum Tanz er gehen soll,
Da spricht er: »Mir ist nicht ganz wohl,
Auch tanz ich einen Walzer nicht,
Nein, einen Walzer tanz ich nicht!«

Am dritten Tag, o weh und ach,
Da sah kein Mädchen mehr ihm nach.
Doch als man ihn zum Tanze lud,
Sprach er: »Der Tanz thut mir nicht gut.
D'rum tanz ich auch den Walzer nicht,
Nein, einen Walzer tanz ich nicht!«

Am vierten Tage endlich gar
Der Ramses doch beim Tanzen war.
Jedoch die Strafe ihn ereilt,
Nur Körbe kriegt er ausgetheilt,
Und als zur Damenwahl es kam,
Den Ramses keine Dame nahm.

Die Geschichte vom Pyramiden-Fex.

Thutmes, der flotte Wandersmann,
Zog seine Nagelbergschuh an,
Nahm seine Pfeife in die Hand,
Den Bergstock und viel Proviant,
Und auch den Rucksack nie vergisst
Thutmes, der muthige Tourist;
Und schon steigt er in schnellem Lauf
Die steile Pyramid' hinauf.

Die Sonne brannte gar zu sehr,
Da ward das Steigen ihm zu schwer.
Erst als er endlich oben sass,
Ward er fidel und trank und ass.
Doch unter ihm im Grabe tief
Die alte Königsmumie schlief,
Und wie nun der Champagner kracht,
Ist aus dem Schlaf sie aufgewacht.
Gespenstisch zeigt sie sich dem Blick,
Thutmes erschrocken weicht zurück.

Und läuft davon und ruft und schreit:
»Zu Hilf', ihr Leut', zu Hilf', ihr Leut'!«

So eilt er immer weiter fort
Bis zu dem steilen Abhang dorth;
Da stürzt er ab, gross ist die Noth
Anubis naht, der bitt're Tod.

Des Thutmes Frau am Fenster sass,
In der Touristenzeitung las
Doch als sie von dem Unglück hört,
Sofort sie ihren Sohn belehrt:
»Steig' nicht auf Königsgräber, Sohn,«
Spricht sie zu ihm in ernstem Ton,
Denn siehst du wohl, das kommt davon:

Merk': Auch von unten sind gar schön
Der Pyramiden steile Höh'n!«

Extra-
Blatt

Die Geschichte vom fliegenden Serapis.

Wenn der Samum durch das Land
Treibt den heissen Wüstensand,
Dann bleibt jeder gern zu Haus,
Geht nicht in den Sturm hinaus.
Doch Serapis dachte: »Nein!
Das muss draussen herrlich sein!«
Und der Mutter Crinolin'
Gegen Regen schützet ihn.

Ha, wie jetzt der Samum fliegt
Und die Palme tief sich biegt!
Doch den Reifrock fasst der Wind
Und Serapis fliegt geschwind
In die Luft, so hoch und weit,
Niemand hört ihn, wenn er schreit.
Nach den Regeln der Physik
Zieht die Schwerkraft ihn zurück.

Doch im Reifrock mit dem Kopf
Stecken bleibt der arme Tropf,
Hilflos auf dem Kopf er steht,
Langsam ihn der Sand verweht,
Und was weiter dann gescheh'n,
Das hat nur die Sphinx geseh'n.